ESTE MANGA ESTÁ EDITADO EN SU SENTIDO DE L ORIGINAL J

« CÓMO L

OCCIDENTAL | **JAPONÉS**

PORTADA, INICIO DE LECTURA

ORDEN DE LECTURA VIÑETAS

ORDEN DE LECTURA BOCADILLOS

En Japón y varios otros países, la lectura se realiza exactamente a la inversa de como la hacemos nosotros. La única forma de poder publicar un manga en el sentido de lectura occidental sería espejarlo página por página, pero eso deformaría los dibujos originales. Es por esta razón que los mangas desde hace muchos años se publican manteniendo el sentido de lectura japonés. Si bien al principio puede resultar complicado de leer, nuestra mente se acostumbra rápidamente y pasamos a hacerlo de forma automática y sin esfuerzo.

VAMPIRESA POR SORPRESA

VAMPIRESA POR SORPRESA
KAYORU

Una publicación de Editorial Ivrea S.L.
Barcelona, España
mangas@editorialivrea.com

Presidente y Dirección Editorial
Leandro Oberto

Director de Producción
Jordi Miralles

Departamento Contable
Veronica Salistean

Derechos Internacionales
Javier Heredia

Editores
Pablo Broqua
David Rodríguez
Juan Ignacio Quiroga
Darío Oberto

Producción Gráfica
Nicolás Daniel Costa
Cynthia Hajdinjak
Nicolás Pruiti

Traducción:
Pablo Tschopp
Marcelo Vicente

Depósito Legal:
B-13991-2014

ISBN:
978-84-16150-63-2

Planta Impresora:
Zukoy 5 S.L.

Agosto 2014
Printed in Spain

IVREA

¡MUCHAS GRACIAS POR LEERME!

¿QUÉ OS HA PARECIDO "VAMPIRESA POR SORPRESA"? ES UNA DE LAS HISTORIAS MÁS FUERTES QUE HE HECHO HASTA AHORA. SEGURAMENTE, LOS QUE ME HABÉIS LEÍDO SIEMPRE, ESTARÉIS SORPRENDIDOS. HACER ESTE MANGA ME COSTÓ MÁS DE LO HABITUAL, LE CAUSÉ PROBLEMAS A MUCHAS PERSONAS, PERO GRACIAS A SU AYUDA, ¡PUDE TERMINARLO! GRACIAS A VOSOTROS ESTA SE HA CONVERTIDO EN UNA OBRA MUY PRECIADA Y QUERIDA PARA MÍ. ¡ME DIVERTÍ MUCHO DIBUJANDO A REN Y MITSUKI! ME ENTRISTECE DESPEDIRME DE ELLOS, PERO ME ALEGRA PODER HABER HECHO UN CAPÍTULO EXTRA.

ME ESFORZARÉ EN MI PRÓXIMA OBRA, ASÍ QUE ESPERO QUE LA LEÁIS. ¡QUIERO VOLVERME MUCHO MÁS BUENA EN LO QUE HAGO, ESFORZÁNDOME DÍA A DÍA!

HASTA QUE VOLVAMOS A ENCONTRARNOS,
LLEVO UN BLOG, ECHADLE UN OJO
¡¡BUSCADLO POR "KAYORUN NIKKI"!
¡TAMBIÉN TENGO TWITTER, SEGUIDME! ★

SPECIAL THANKS!!!

¡¡¡MI ETERNA GRATITUD A MI EDITORA!!!

KINUTAN - YOSHI - TOPPO - IKUCHAN - YUMEYUN - TAKKI - USHIO - USAKOTAN - POKKI - TOMO - MORIKAWA

A MI EDITORA MIZUTA Y A MI ANTIGUA EDITORA SHINKAWA, ¡PERDONADME POR TODOS LOS PROBLEMAS QUE CAUSO SIEMPRE! ¡MUCHAS GRACIAS! ¡¡¡A MI FAMILIA, A LOS DE LA EDITORIAL, A LOS DISEÑADORES, A TODOS AQUELLOS QUE INTERVINIERON EN LA PUBLICACIÓN DE ESTE TOMO Y A TODOS LOS LECTORES!!!

¡TAMBIÉN PODÉIS ESCRIBIRME!

TARDARÉ UN POCO, PERO JURO QUE CONTESTARÉ

DIBUJO HECHO EN UN PAPEL DE OMIKUJI (*)

A VARIAS AUTORAS QUE PUBLICAN EN LA REVISTA, LES GUSTÓ ESTA OBRA Y ME HICIERON UN DIBUJO. ¡¡CADA UNO ES UN TESORO!!

BOCETO QUE APARECIÓ EN UN CALENDARIO DE REGALO

*TIRA DE PAPEL QUE CONTIENE ESCRITOS DE LA FORTUNA EN LOS TEMPLOS JAPONESES.

VAMPIRESA POR SOPRESA / CAPÍTULO EXTRA - FIN

A CAMBIO, ESTA NOCHE...
NO VOY A DEJARTE DORMIR.
¡¿EH?!
¡TO-- TONTO! ¡¿QUÉ DICES?!
WAAAAH

RE--...
REN, LO SIENTO.
HE VUELTO A BEBER MÁS DE LA CUENTA.
TE TENGO DICHO QUE NO TE PREOCUPES.
PERO...
WIK
POMM
WAH...

YO TAMBIÉN.
EN ESE MOMENTO...
TODO SE ESFUMÓ.
HAN PASADO DOS AÑOS...
HEMOS LOGRADO ESCAPAR DE LA ORGA-NIZACIÓN...
Y ESTAMOS VIVIENDO JUNTOS.
HA

YO SIEMPRE...
TE HE QUERIDO.
TONTA...

AUN ASÍ, ELLA...
¡DEVUÉL-VEMELO!
¡ES MUY IMPORTANTE PARA MÍ!
YA BASTA.
INTENTO MATARTE.
REN... MÁTAME.

EN AQUEL MOMENTO...
YA ME HABÍA HECHIZADO.
PERO...
¡REN...!
¡NO SÉ LO QUE ME ESTÁ PASANDO!
COGÍ ESOS SENTIMIENTOS...
Y LOS ENTERRÉ EN EL FONDO DE MI CORAZÓN.

DIME...
¿NO SIENTES NADA AL VER SANGRE?
¿AH?
¿SENTIR QUÉ?
UH...
LA PRÓXIMA VEZ, TEN MÁS CUIDADO.
¿ELLA UNA VAMPIRESA?
DEBE DE SER UN ERROR.
¡REN, ESPÉRAME...!
DATE PRISA.
EN ALGÚN MOMENTO, COMENCÉ A PENSAR ESO.

ENFERMERÍA
KLAK
KLAK
JO...
¿EN QUÉ PENSABAS?
TE ESTABA MIRANDO.
¡¿QU--
...?!
BLUUUSH
NO ME GUSTA NADA...
QUE ME TOMES EL PELO.
NO PUEDO EVITARLO.
¡CÁLLATE Y DAME LA MANO!
KIK...

LAS VAMPIRESAS SON TODAS SENSUALES Y ATRACTIVAS,
PERO ELLA...
NO TIENE TETAS.
¿SERÁ UNA VAMPIRESA DE VERDAD?
HUM
?!
¡¿QUÉ ESTÁS MIRANDO?!
ADEMÁS...
HACIENDO CALABAZAS PARA HALLOWEEN
SU COMPORTAMIENTO ERA ADORABLE.
KUROKI, ¿POR QUÉ LE HAS HECHO TRES OJOS?
AH.
ME COSTABA DEJARLA SOLA.
ES MUY TORPE.
PLIN
¡¡A LA ENFERMERÍA, DEPRISA!!
GRAAB

¡MITSUKI!
¡VOLVAMOS JUNTOS!
KYAH...
¡REN!
¡QUÉ ENVIDIA!
SOMOS VECINOS.
......
UNH...
NO. GRACIAS.
¿QUÉ LE PASA A ESTA TÍA?
REN, VÁMONOS.
AL PRINCIPIO, MITSUKI...
PARECÍA UNA CHICA DIFÍCIL DE TRATAR.
FLIP

SÍ.
ES LA MÁS PELIGROSA DE TODOS LOS VAMPIROS.
POR AHORA ES UNA SIMPLE ESTUDIANTE DE SECUNDARIA BAJA...
ESTÁ BIEN...
ME MANTENDRÉ CERCA SUYO Y, CUANDO DES-PIERTE COMO VAMPIRESA...
LA ELIMINARÉ.
¡OYE!
¡ESE CHICO NUEVO, REN SHINOZAKI, ES SÚPER GUAPO!
KYA
KYA
¿QUERÉIS IR A VERLO?

T--...
TÚ...
¡¿ERES UN CAZADOR ...?!
ERA CAPAZ DE HACER LO QUE FUERA PARA MATAR A UN VAMPIRO.
¿"QUEEN"?

CAPÍTULO EXTRA

—番外編—

♫ BGM ♪ ✿

OS PRESENTO LA MÚSICA QUE ESCUCHABA MIENTRAS DIBUJABA "VAMPIRESA POR SORPRESA".
HAY MUCHO VOCALOID.

- "CARNIVAL" OTETSU FEAT. GUMI
- "RUBIK'S CUBE" OTETSU FEAT. GUMI

LAS CANCIONES DE OTETSU SON MUY CAÑERAS, SIEMPRE LAS ESCUCHO CUANDO HAGO BOCETOS. ¡¡SUS LETRAS OSCURAS QUE INVITAN A LA LOCURA, REFLEJAN PERFECTAMENTE EL MUNDO DE HOY EN DÍA!!
¡¡OS RECOMIENDO SU ÁLBUM!!

- "PISTOL" KUROYUME (TEMA PARA REN)

ES UNA CANCIÓN BASTANTE VIEJA, PERO EN SU LETRA DICE: "MI OBJETIVO SON FLORES MOJADAS", PARA MÍ QUE HABLA DE MITSUKI (ROSA)!!" (XD)
ME ENCANTA KUROYUME... ♥♥

- "SILVER BULLET" PEPERON-P FEAT. GUMI (TEMA PARA REN)

¡¡SU LETRA TAMBIÉN CUADRA PARA REN!! ¡DESCUBRÍ ESTA CANCIÓN TRAS FINALIZAR EL MANGA, PERO SI LA HUBIERA CONOCIDO CUANDO SE PUBLICABA, SEGURO QUE LA HABRÍA ESCUCHADO TODO EL TIEMPO!

¡TODAS SON GRANDES CANCIONES, ESCUCHADLAS! PODÉIS OÍR TEMAS DE VOCALOID EN SITIOS COMO NICONICO DOUGA... ♡

*LA TRADUCCIÓN LITERAL DEL TÍTULO ORIGINAL JAPONÉS, "BARA TO JUUDAN", ES "ROSAS Y BALAS".

TOPPO VINO A AYUDARME E HIZO ESTE DIBUJO DE REN Y MITSUKI. ¡¡ESTÁN GUAPÍSIMOS!! ¡¡GRACIAS!!

¡¿QUÉ ES ESO?!

1- VERDEL TOSTADO.
2- "TONO-SAMA ABURI" EN EL ORIGINAL, JUEGO DE PALABRAS.

VAMPIRESA POR SORPRESA - FIN

REN...
¿ESTARÁS SIEMPRE A MI LADO?

CUANDO REGRESEMOS, TE DEJARÉ BEBER UN POCO.
AGUANTA.

SI LOS VAMPIROS...
EXISTEN DE VERDAD.
MITSUKI,
¿HAS REACCIONADO AL OLOR DE LA SANGRE?
GLUP

MIRA,
UN SITIO PARA DONAR SANGRE.
¿QUIERES IR?
¿EH? ¡NO, ME DA MIEDO!
HABLANDO DE SANGRE...
¿RECUERDAS EL TIPO AQUEL QUE FUE ATACADO POR UN VAMPIRO?
SÍ,
EL DE HACE DOS AÑOS.
ME PREGUNTO...

PI PI
PA I...

¿QUÉ HACEMOS? ¡¿LES SEGUIMOS?!
NO...
DESDE ESTA AL-TURA...
ES IMPOSIBLE QUE SOBRE-VIVAN...

SHUAAAAZ

¡IDIOTA!

MÁS TARDE...
ME AYUDARÁS A RECUPERARME.
¡¡DISPARAD!!

¿A QUÉ VIENE ESA PREGUNTA?
ES NORMAL PROTEGER A LA MUJER QUE UNO AMA.
¡POR FAVOR, REACCIONA!
¡ES UNA VAMPIRESA!
REN,
¡ESTÁS SANGRANDO!
LO SÉ...
Y DUELE BASTANTE...

CHAN
¡¡

¡REN!
¡¿POR QUÉ PROTEGES A QUEEN?!

¡¡REN!!
UK...
SHAK
HAHA!

RE--...

SHAK...K
¡MITSUKI!
¿EH?
PAM

DEPRISA, VAMOS.
TE HE ENCONTRADO...
QUEEN.

LO SIENTO MUCHO.
AHORA...
DEJA QUE ME RECUPERE YO.
FRUMM
BA--...
¡¡BASTA!!
QUE APROVECHE.

GRACIAS...
OYE, ¿NO CREES...
ÑMM ÑMM
QUE YA HAS BEBIDO SUFICIENTE?
¡¡PE--PERDONA!!
ES QUE ESTÁ TAN BUENA...
SÓLO PIENSAS EN TI MISMA...

A PARTIR DE AHORA...
VIVIRÁS BEBIENDO MI SANGRE.
LO SIENTO...
REN.

TENDRÉ UN PROBLEMÓN SI TE MUERES.
TONTA.
TOMA...
BEBE UN POCO MÁS.
TLIK
REN...

MMH...
SLURP...
HA A
DEJA DE QUEJARTE POR TODO.

N--...
¡¡NO!!
¿AH?
DATE DEPRISA O SE ECHARÁ A PERDER...
¡NO PUEDO!
ANTES DE CAUSARTE PROBLEMAS...
¡PREFIERO MORIR!
¡NH!

TLIK
TLIK
¡REN...!
¡¿QUÉ HACES?!
KUSH
BEBE...
MI SANGRE.

¡¿QUÉ DICES?!
¡CLARO QUE NO!
NO MIENTAS.
ADMITE DE UNA VEZ QUE ERES UNA VAMPIRESA.
¡¿QU--...?!

¿ESTÁS BIEN?
SÍ...
UN POCO MAREADA.
HA HA
HA HA
HA HA
HA HA
QUIERES...
SANGRE, ¿VERDAD?
TUTUM...
NH...

SHHH SHHH!!
SHH
HA
SHH
TAKK
HA
HA
¡¿MITSUKI?!
BUM

E--...
¡ES TERRIBLE!
PUM
¡¡REN HA HUIDO CON QUEEN!!
¡¿QU-- ...?!
¡NO ES POSIBLE!
¡PERO SI SABE LO PELIGROSA QUE ES QUEEN!
NO IMPORTA...
¡SEGUIDLOS!

SAK
¡¿REN...?!
¡APARTAOS!

¡¡REN!!
¡¿QUÉ HA SIDO ESE DISPARO ...?!
GASP
¡REN...!
KLAKK
¡REN!
¡¿HAS MATADO A QUEEN...?!

VAMPIRESA 4-5 ¡¡HAY SPOILERS!!

VAMPIRESA SE HA VUELTO MUY SERIO, ¡Y PENSAR QUE LA PROTA HA TERMINADO ENCADENADA! (XD) FUE DIFÍCIL DIBUJAR EL PASADO DE REN, PERO ME LO PASÉ GENIAL DIBUJÁNDOLO DE PEQUEÑO ♡

AL CAPÍTULO 5 (FINAL) QUISE DARLE UN TOQUE ROMÁNTICO. ¡¡DISFRUTÉ MUCHO DIBUJANDO A ESTOS DOS ENAMORADOS!! ¡¡¡TAMBIÉN PENSÉ EN UN FINAL TRÁGICO (DONDE MITSUKI MURIERA, POR EJEMPLO), PERO ME ALEGRA HABERLE DADO UN FINAL FELIZ!!!

CAPÍTULO FINAL
最終話

¡POR CIERTO, SHO APARECERÁ HASTA EL FINAL! (XD) ¡¡SENTID EL AMOR DE YU-CHAN EN ÉL!!

AUNQUE SEPA...
QUE ES UN AMOR PROHIBIDO.

TE AMO,
REN.

ES IMPORTANTE PARA TI, ¿NO?
ES EL REN...
QUE CONOZCO.
¡BOBA...!

NO ME LO PUEDO CREER.
¿NO ES...
OTRA DE TUS MENTIRAS...?
SHIK...
TOMA...

¡TE HE AMADO...!

SIEMPRE...

REZABA...
PARA QUE NO DESPERTARAS.
YO TAMBIÉN...

REN...
¿POR QUÉ?

ME GUSTARÍA...
VOLVER A ESTAR CONTIGO...
HAZ
BAAAN
ADIÓS.

SIEMPRE...
TE HE QUERIDO.
ME ALEGRO DE HABERME ENAMORADO DE TI.
SI...
PUDIERA RENACER...

REN...
MÁTAME.
SI LO HACES...
TE SENTIRÁS MEJOR, ¿VERDAD?
LO SIENTO...
YO...

PORQUE SOY...
UNA VAMPI-RESA...
SI ES POR ESO...

VIVO PARA...
ELIMINAR...
A LOS VAMPIROS...
AH...
POR ESO REN...
QUIERE MATARME...

FUI EL ÚNICO SUPERVI- VIENTE.
Y ENTONCES JURÉ...
QUE VENGARÍA A MIS PA- DRES...
CON MIS PROPIAS MANOS.

FUE ASESINADA...
POR UN VAMPIRO.
¡¿EH?!

¡NO TE ACERQUES!
REN,
¿ESTABAS SOÑANDO CON TU FAMILIA?
LOS LLAMABAS EN SUEÑOS...
MI...
FAMILIA...

HA
PA... PÁ.
¡MAMÁ...!
¡¡REN!!
PAN
¡¿QUÉ TE PASA?!
¡¿TE EN-
CUENTRAS
BIEN?!
NH...

YA HE SENTIDO...
ESTA SED ANTES...
¡BASTA!
¡NO SALGAS ...!
UH...
¿REN...?
¿TIENE UNA PESADILLA...?

¿POR QUÉ PUÑETAS DUDO...
PRECISAMENTE AHORA...?
TENGO TANTA SED QUE NO PUEDO DORMIR...
¿DE AGUA ...?
NO.

YO DECIDIRÉ CUÁNDO HACERLO...
¿POR QUÉ...?

AL MENOS...
DÉJAME ODIARTE...
¡HEY!
¿CÓMO SE ENCUENTRA QUEEN?
BIEN.
YO LA VIGILARÉ ESTA NOCHE.
¡REN!
¡¿POR QUÉ NO LA HAS MATADO?!
¡¿NO ME DIGAS QUE...?!

¡ODIO EL TOMATE...! ¡CÓMETELO TÚ!
NO SEAS CAPRICHOSA, MITSUKI...
"NO ME LOS VOY A COMER POR TI ETERNAMENTE, ¿SABES?"
SIGUE SIENDO...
EL REN QUE CONOZCO...

SLAM...
Y NO TE DEJES...
EL TOMATE.
FRUSH...
¿QUÉ LE PASA?

HUBIE-
RA SIDO
MEJOR...
QUE ME
MATARA DE
PRIMERAS.
NO
QUIERO.
TAM-
POCO...
¡QUIERO
VOLVER A
VER TU
CARA!
NO TE
PREO-
CUPES...
PRONTO
SERÁ LA
DESPEDIDA.

¿QU--...?
¿POR QUÉ?
¿REN NO IBA A...?
SHIK
NO TE EQUIVOQUES.
SÓLO QUIERO INVESTIGAR TU CUERPO ANTES DE MATARTE.
SI INTENTAS CUALQUIER COSA, TE MATARÉ.
TAP
TAP
¿POR...
QUÉ?

TUS HERIDAS SE HAN CURADO EN UNA SOLA NOCHE.
ERES UNA VAMPIRESA DE VERDAD.
REN.
ES CIERTO.
¡REN ME ATRAPÓ!
COME.
NO HAS PROBADO BOCADO DESDE AYER.

NH...
¿DÓNDE?
HUM...
POR FIN DESPIERTAS, QUEEN.
GRAB

SHIK...
"¡ES MUY IMPORTANTE PARA MÍ!"

VAMPIRESA 3

EN ESTE CAPÍTULO, MIS ASISTENTES HICIERON UN TRABAJO MARAVILLOSO CON LOS FONDOS. LA PÁGINA DOBLE DEL EDIFICIO EXPLOTANDO, LAS CLASES DEL INSTITUTO... (¨▽¨)~♡♡ ME ENCANTA EL INSTITUTO POR LA NOCHE, ESTOY FELIZ DE HABER PODIDO DIBUJARLO... RECUERDO HABER SUFRIDO MUCHO CON LA HISTORIA EN EL CAPÍTULO 3. PODRÍA HABER INTRODUCIDO A UN INVESTIGADOR DE VAMPIROS, O HABER HECHO APARECER AL ALTER EGO DE MITSUKI (XD) PERO, POR SUERTE, ME CONTUVE, PORQUE SI NO NO HUBIERA PODIDO HACER LO DEL ROMANCE ENTRE REN Y MITSUKI. QUIERO DARLE LAS GRACIAS A MI EDITORA POR HABERME PARADO LOS PIES. (^^;)

CAPÍTULO 4
第4話

HE ENCONTRADO ★ ESTOS DIBUJOS
ME GUSTAN LAS CHICAS CON COLETAS ♡♡

¡REN!
¡NO HEMOS DADO CON ELLA!
VAYA.
SEGUID CON LA BÚSQUEDA.
¡SÍ!

¡ES MUY IMPORTANTE PARA MÍ!
¿HAS VUELTO...
POR ESTO?

¡DE-VUÉLVE-MELO!
ES...
MÍO.

¿QUÉ?
HA
HA
¿ESTÁS LISTA PARA MORIR?
ZR...
?
ESO ES...

HM
MIRA QUE VOLVER AQUÍ...
¿EN QUÉ ESTABAS PENSANDO?
¡¡REN!!
FRUSH
GENIAL,
ME HAS AHORRADO TENER QUE BUSCARTE.
¡UH...!

¡¿DE VERDAD HA HUIDO POR AQUÍ?!
¡SÍ...!
¡¿SEGURO QUE NO OS EQUIVOCÁIS?!
TAP
TAP
GRAB
?!

ELLA ES...
NUESTRO MAYOR ENEMIGO Y TENEMOS QUE DERROTARLA.
¡S--SÍ!
¡TENEMOS PROBLE-MAS!
BAAM
¡¡QUEEN HA VUELTO A APARECER!!
¿DÓNDE?
¡PUES...!

¿CÓMO ESTÁN LOS HERIDOS?
TRAN-QUILO, ESTÁN BIEN.
AL FINAL, QUEEN...
HA RESULTADO SER TAN HER-MOSA COMO DECÍAN LOS RUMORES.
SÍ,
ME HA ROBADO EL CORAZÓN.
VOSOTROS.
¿QUÉ OS PARECE SI OS USO DE SEÑUELO?
¡REN!
LO SENTIMOS.
NO BAJÉIS LA GUARDIA.

ADEMÁS...
ESE REN...
YA NO...
"ES TU REGALO DE CUMPLEAÑOS."
¡¿EN QUÉ ESTOY PENSANDO?!
¡NO PUEDO VOLVER A ESE SITIO!

EL COLLAR QUE ME REGALÓ...
¡NO ESTÁ!
NO ESTÁ...
PUDO CAERSE EN ESE MOMENTO...

POR FAVOR...
REN.
DIME QUE ESTO...
ES UN SUEÑO.

PAM...
REN.
ESA SONRISA...
ESA AMABILIDAD UN POCO BRUSCA...
TODO...
TODO...
¿ERA MENTIRA?

MENUDA PILLADA...

ENTONCES...
EN ESTA FRASE...
¡......!
TUTUM
DEJA DE MIRARME.
TONTA.
PLIK
N...
¡NO TE ESTOY MIRANDO!
HUUM
¡KUROKI!
¡CONCÉNTRATE EN TU LIBRO!
SÍ...
BLU~SH

HA A
NO SE ME HA OCURRIDO OTRO SITIO...
QUE EL INSTITUTO.
¡QUÉ DOLOR!
CREO QUE VOY A DESMAYARME.
HA A
NH...
TU TU
1-2
RAAZ

BSS...
¿ESO ES SANGRE?
GASP
TAP
DEBO SALIR DE AQUÍ.
TENGO MIEDO.
¡QUE ALGUIEN ME AYUDE!
KSR... SHAY...

QUEEN AÚN NO HA VUELTO.
NO HA PODIDO IR LEJOS CON ESAS HERIDAS.
¿QUIÉNES SON?
¿SERÁN TAMBIÉN...
CAZADORES DE VAMPIROS?
¿ME ESTÁN BUSCANDO?
HAN VENIDO...
¿PARA MATARME ...?

NO PENSÉ QUE TUVIERA TANTA FUERZA...
LA HE SUBESTI-MADO.
HA HA
HA HA
HA
¡¿HE GENE-RADO...
ESA EXPLO-SIÓN?!
¿CÓMO HE PODIDO PEGAR ESE SALTO?
HA HA

TIK
¡REN!
¡¿TE ENCUENTRAS BIEN?!
SÍ.
TAP TAP
VOSOTROS DIRIGÍOS A CASA DE QUEEN.
NO OLVIDÉIS GARANTIZAR LA SEGURIDAD DE LAS VÍCTIMAS.
¡SÍ!

tup!
HA...
DASH

THUNK!
¡¿QU--
...?!
FAN

NO ES... POSIBLE...
FIN DE LA CONVERSACIÓN...
ADIÓS.
MITSUKI.
ESTO...
¡¡NO PUEDE SER VERDAD!!

Y LO
ESTARÉ.
HASTA QUE
ME ASEGURE
DE QUE ESTÉS
MUERTA.

DEBES SABER...
QUE SOY UN CAZA-VAMPIROS...
QUE HA VENIDO A MATARTE.
LLEVO DOS AÑOS VIGILÁNDOTE...
PARA PODER ELIMINARTE...
CUANDO DESPERTARAS.
¡MENTIRA...!
ME DIJISTE...
¡QUE SIEMPRE ESTARÍAS A MI LADO!
"NO PIENSO APARTARME DE TU LADO."

¿ROSE QUEEN?
LA LLAMABAN ASÍ PORQUE SU INCREÍBLE BELLEZA ERA COMO LA DE UNA ROSA,
ERA LA REINA DE LOS VAMPIROS.
ES UNA PARIENTE TUYA MUY LEJANA.
AÚN CONSERVAS LA CONCIENCIA DE "MITSUKI"...
ES CUESTIÓN DE TIEMPO...
AL FINAL, QUEEN SE APODERARÁ DE TU SER.

SU FUERZA...
ES INCREÍBLE...
¿MONS... TRUO?
¿DE QUÉ HABLAS?
ME DA PENA QUE MUERAS SIN SABER NADA ...
ASÍ QUE TE LO DIRÉ.
NO ERES HUMANA.
LA SANGRE DE ROSE QUEEN, UNA VAMPIRESA...
CORRE POR TUS VENAS.

NO MEN-
CIONES MI
NOMBRE.
MALDITO
MONSTRUO.
NH...
BRUSH

RE--...
¿REN?
¿QUÉ ESTÁ PASANDO?
¡DIME...!
RE--...

VAMPIRESA 2

EL SEGUNDO CAPÍTULO TIENE UN FINAL BASTANTE VIOLENTO. ¡¡SIEMPRE HE QUERIDO DIBUJAR UNA ESCENA COMO ESA, ASÍ QUE ESTOY MUY CONTENTA DE HABER PODIDO CUMPLIR MI SUEÑO!! AUNQUE MITSUKI ME DA MUCHA PENA... (>.<)'
MI ESCENA FAVORITA ES LA DEL FINAL, CUANDO MITSUKI RESPONDE ENTRE LLANTOS "VALE", A LAS PALABRAS DE REN POR TELÉFONO. LA TRAMA DE SU PELO ES MUY CHULA. ¡GRACIAS, ASISTENTES! ¡¡TAMBIÉN LA PISTOLA DE REN, CUANDO DICE "¿HE FALLADO?" ES GENIAL!!
¡¡DE NUEVO, MUCHAS GRACIAS A MIS ASISTENTES!!

CAPÍTULO 3
第3話

UNIFORME DE MITSUKI
ALTURA 1,63–1,65CM APROX.
DELGADA, CON ESTILO
LAS CARTERAS SON J–632, SE PEGAN COMO SIEMPRE.
LAZO TRAMA AB–192.
SUÉTER BLANCO, CAMISA BLANCA.
UNIFORME DE REN
ALTURA 1,80CM APROX.
CORBATA
FALDA CHECK DELETER SE–1185.
REHACIENDO EN CADA PLIEGUE.
SUÉTER, Y PORCIONES GRANDES SE–985 (DELETER NEGRO) USÁNDOLO EN GRADIENTE.
EL CALZADO ES J–... SUELAS...
PANTALONES CHECK SE–1185.
TABLA DE TRAMAS PARA LOS UNIFORMES
MIS ASISTENTES SIEMPRE PEGAN LAS TRAMAS USANDO ESTA GUÍA
AUNQUE REN DEJA DE LLEVAR UNIFORME A PARTIR DEL CAPÍTULO 3.
CALZADO IGUAL QUE MITSUKI.
EN GRADIENTE
EL BOLSO TAMBIÉN IGUAL.

ROSE QUEEN.
LLEVO MUCHO TIEMPO ESPERANDO...
QUE LLEGARA ESTE DÍA PARA MATARTE.

¿HE FALLADO?
RE--...
¿REN...?

ZUUUM...
¿AH...?
UH...
ZR... U
¿EH...?
HA
HA

VALE...
REN.
ENSE-
GUIDA...
PONDRÉ
FIN A TU
DOLOR.
¿EH...?

KLAK
¡¿MITSUKI?!
¡REN!
¡REN!
¡AYÚ-
DAME!
¡NO SÉ LO
QUE ME ESTÁ
PASANDO!
¡¿QUÉ
DICES?!
¡TRANQUI-
LÍZATE!
¡ESTOY
YENDO
PARA
ALLÁ!

QU--...
QU--...
¡¿QUÉ HAGO...?!
BRR BRR
¡NECESITO...
AYUDA!
PI
PI
LLAMANDO
REN
TRRRRR...

H--...
UH...
¿HE SIDO YO?
SLUR...
¿LE HE CHUPADO...
LA SANGRE?
"¿HAS VISTO LAS NOTICIAS DE ESTA MAÑANA?"
"¡LE CHUPARON LA SANGRE!"
"¡¿SERÁ UN VAMPIRO?!"

¿QUÉ ES
ESTO?

¡UH!
UA ¡AH!¡
¡¡UAAAAH!!
AH
¿EH...?
¿QUÉ...?
HI!!
N--...
¡NO TE ACERQUES!
TAP TAP...

¿QUÉ TE PASA?
TE RESISTÍAS HASTA HACE UN MOMENTO...

¡M!
TE HAS CALMADO DE GOLPE.
¿YA TE RINDES?
¡¿OH?!

¡YA BASTA!
¡¿QUÉ HACES ...?!
¡NO...!
¡SUJÉTALA BIEN!
NO.
¡NO!

¡REN...!
SALA DE AUDIOVISUALES
RATAZ
HUM...
¿MITSUKI...?

¡JUJU!
QUÉ LÁSTIMA QUE TE TENGAN CELOS.
CÁLLATE.
!!
NO SOPORTO A ESTA TÍA.
ASEGÚRATE DE QUE NO VUELVA A ACERCARSE A REN.
¡SON LAS CHICAS DE AYER!
ÑAK
ENTENDIDO.

SALA DE AUDIOVISUALES
CON PERMISO.
RAZZ...
¿EH?
NO HAY NADIE...
GRAB...
?!
¡¿QU--...?!
¿TÚ ERES MITSUKI?
QUÉ GUAPA...

¡REN!
¡VERÁS...!
IGUAL PIENSAS...
QUE SOY RARA POR DECIRTE ESTO PERO...
YO...
DING DONG DANG DONG
MITSUKI KUROKI DE PRIMERO.
POR FAVOR, PRESÉNTESE DE INMEDIATO EN LA SALA DE AUDIOVI-SUALES.
¿EH...?
¿QUÉ PASARÁ?
CREO QUE LO QUE PASÓ AYER...
SEGURO QUE ESTÁN ENFADADOS CONTIGO POR HABER FALTADO A CLASE.
¡¡EN ESE CASO, TAMBIÉN LO ESTARÍAN CONTIGO!!
DA IGUAL, VETE YA.
VA-- VALE.

CREO QUE PODRÍA...
CONTÁRSELO A REN...
GRAB

¿POR QUÉ PREGUNTAS ALGO TAN EVIDENTE?
TONTA.

NO PIENSO APARTARME DE TU LADO.

¿QUÉ?
PAM
¡¿EH?!
¡¡AH!!
¡¿QUÉ ESTOY DICIENDO?!
¡AH!
¡PE-- PER-DONA!
¡OLVÍDALO!

GRAB...
TENGO...
MIEDO.
¿NH?
¿MITSUKI?
REN...
¿ESTARÁS SIEMPRE A MI LADO?

N--...
¡NO ES NADA!
¡¿POR QUÉ ERES TAN AMABLE DE REPENTE?!
PAM PAM
¡NO TE PEGA!
¿EH?
JODER.
ESTABA PREOCUPADO POR TI.
ERES UNA DESAGRA-DECIDA.
KUICH
BUENO...
PARECE QUE YA ESTÁS BIEN.
ME VOY.
REN...

VAYA...
LO SIENTO...
HOY...
ESTÁS MUY RARA.
¿EH?
ESTÁS COMO DISTRAÍDA.
¿TE PREOCUPA ALGO?
SI QUIERES, SE ME DA MUY BIEN ESCUCHAR.
EN LA ESCENA HAN

XUM...
¡MITSUKI!
HA...
ME...
SIENTO EXTRAÑA...
ES COMO SI EL TIEMPO EN QUE ME ENCUENTRO BIEN...
CADA VEZ FUERA MÁS CORTO.
COMO SI...
ESTUVIERA DEJANDO DE SER YO MISMA.
TENGO MIEDO...
¿YA ESTÁS DESPIERTA?
REN...
¿QUÉ...?
DICEN QUE ES ANEMIA.

PAM
¿REN?

HABLAR DE ESTO...
CON NADIE.
WA!
DANK
DANK
BLUSH...
¡MITSUKI!
¡CUIDA--
...!
?!

¡¡MITSUKI!!
¡AH!
¡Jo ...!
¿NO ME OÍAS?
L--LO SIENTO.
¿QUÉ PASA? ¿TE ENCUENTRAS MAL?
AH...
N--...
NO ES NADA.
NO PUEDO...

¿HAS VISTO LAS NOTICIAS DE ESTA MAÑANA?
¡SÍ, SÍ!
¡LE CHUPARON LA SANGRE A LA PERSONA QUE ATACARON!
¿EH—?
¡¿SERÁ UN VAMPIRO?!
ESE ZAPATO QUE ENCONTRARON...
ERA MÍO.
¿TENDRÉ...
ALGO QUE VER CON TODO ESTO?

※ ESTOS ESPACIOS PUEDEN CONTENER SPOILERS, ASÍ QUE LEEDLOS UNA VEZ FINALIZADO EL TOMO.

VAMPIRESA ← TODAVÍA SIGO SIN PODER ESCRIBIRLO SIN MIRAR (XD)

¡¡FUE MI PRIMERA SERIE DE CINCO CAPÍTULOS Y LA PRIMERA VEZ QUE ME ENCARGABAN UNA PORTADA A COLOR PARA LA SHO-COMI!! ¡¡ESTABA SÚPER NERVIOSA!! ¡¡PERO EL DISEÑADOR LE DIO UN TOQUE FINAL MARAVILLOSO, ESTABA EMOCIONADA!! MIS ASISTENTES SE ESFORZARON MUCHO EN LAS ESCENAS DE LA MOTO, O CUANDO MITSUKI SE TRANSFORMA EN EL PRIMER CAPÍTULO. MI FAVORITA ES EL PRIMER PLANO CUANDO MITSUKI ACARICIA CON EL DEDO LA HERIDA DE UNA DE LAS CHICAS QUE SE AMONTONARON EN LA CASA DE REN.
QUE REN FUERA BUENO EN EL TIRO AL BLANCO, ERA COMO UN ANTICIPO PARA LO QUE TENÍA QUE VENIR... (XD) Y EL HOMBRE MISTERIOSO DE LA ÚLTIMA PÁGINA, TENÍA PENSADO QUE FUERA REN O UN NUEVO PERSONAJE.

CAPÍTULO 2
第2話

¡¡¡MUCHAS GRACIAS POR COMPRAR "VAMPIRESA POR SORPRESA"!!!

¡ES MI SÉPTIMO TOMO! ¡EL DE LA SUERTE! ¡AAH, QUÉ FELIZ SOY! ¡ESTA VEZ HE INCLUIDO VARIAS PÁGINAS EXTRA, ASÍ QUE ACOMPAÑADME HASTA EL FINAL! ¡ESPERO QUE LO DISFRUTÉIS! ¡Y AHORA, MÁS "VAMPIRESA POR SORPRESA"!

¡¿HE SIDO YO?!
S###...
POR FIN DESPIERTAS...
QUEEN.

UN HOMBRE FUE ATACADO ANOCHE EN LA CALLE XX, LAS AUTORIDADES LO HAN TRASLADADO AL HOSPITAL...
OH, NO, ESO ESTÁ AQUÍ AL LADO.
EN LA ESCENA SE HA ENCONTRADO UN ZAPATO DE MUJER...
SE BARAJA LA POSIBILIDAD DE QUE PERTENEZCA A LA ASALTANTE...
¿MITSUKI?
¿QUÉ HACES AHÍ DE PIE?

¿YA ES DE DÍA?
AJUM...
ESA SENSACIÓN TAN DESAGRADABLE HA DESAPARECIDO.
HA
¿CUÁNDO...
HE VUELTO A CASA?
HE DEJADO LA VENTANA ABIERTA.
?!
CRUZ...
BUENOS DÍAS, MITSUKI.
SEGUIMOS CON LAS NOTICIAS.

CHRI
CHRIP...
NH...

XUP
...
?!
¡¿QU--
...?!
UUH...H
PERO...
¡¿QUÉ
HA SIDO
ESO...?!

KYAAA
¡¿QU--QUÉ HACES?!
¡ALÉJATE DE ÉL...!
?!

KYAAAA
¡¿QUÉ PASA?!
FRIK
SHUM
HA--HAY ALGUIEN...
AHÍ...
TLIK
TLIK...
¡UH...!

¡ME DUELE MUCHO!
AH... ¡AH...!
OYE,
¿ESTÁS BIEN?

SHIK...
BLUSH
CREO QUE...
ÉSTE ES EL MOMENTO MÁS FELIZ...
EN MIS 16 AÑOS DE VIDA.
DUM...P
DUTUM
¡OTRA VEZ!
ES TAN DESAGRA-DABLE.
DUTUM
DUTUM
¡¿QUÉ SERÁ?!

¿QUÉ HAGO?
SOY TAN FELIZ.
TENGO QUE IRME A TRABAJAR.
SIENTO NO PODER LLEVARTE A CASA.
SÍ,
GRACIAS...
MAÑANA NO TE QUEDES DORMIDA.
¡NO LO HARÉ!

SHRIN...
¿EH?
ESTO...
ES EL QUE QUERÍAS, ¿NO?
ES TU REGALO DE CUMPLEAÑOS.
AUNQUE ES UNA BARATIJA.
¡¿EH?!
¡AH...!
¿NO ME IRÁS A DECIR...
QUE TE HAS OLVIDADO DE TU PROPIO CUMPLEAÑOS?
TONTA.
REN...

HMPH
¡¡IDIOTA!!
¡¿POR QUÉ SERÁ TAN SIMPÁTI-CO?!
¿QUÉ? ¿ESTÁS CELOSA?
¡¿CELOSA YO?!
MITSUKI.
NO TE VAYAS SOLA.
¿POR QUÉ NO? PUEDES TONTEAR CON ESAS CHICAS SI QUIERES.

SI FALLAS, HARÁS EL RIDÍCULO.
JU JU JU
CÁLLATE Y OBSERVA.
TAK...
PAHU PAHU PAHU
OOOOH—
¡ESE CHICO ES INCREÍ-BLE!
¡Y MUY GUAPO!
¡AH!
ESE COLLAR ES PRECIOSO...
¿A QUÉ INSTITUTO VAS...?
¡¿DAMOS UNA VUELTA?!
OYE, REN...
GRRR

¡¿AL FESTIVAL?!
¡¡S--SÍ, VAMOS!!
TIENES CINCO MINUTOS PARA PREPARARTE.
QUÉ FELICIDAD.
REN Y YO JUNTOS EN EL FESTIVAL.
BLA
¡ES COMO SI FUERA UNA CITA!
BLA
¡¡GRACIAS POR SER MI VECINO!!
¿SABRÁ TAN BIEN COMO PARA LLORAR?
ÑMM
ÑMM
¡AH!
¡TIRO AL BLANCO!
TIRO AL BLA
PAM

NO SÉ...
NADA SOBRE ÉL...
QU-- QU-- QU--...
¡¿QUÉ PASA?!
¿ESTÁS BIEN?
¡PERFEC-TAMENTE!
¡SÓLO TENGO HAMBRE!
QU--...
¡QUÉ SUSTO!
¡CASI SE ME PARA EL CORAZÓN!
PF
¿ERA ESO?
LLEVAS PÁLIDA...
TODO EL DÍA.
AUN-QUE NO TIENES FIEBRE...
AH
PUES YO TAMBIÉN TENGO HAMBRE.
¿QUIERES IR AL FESTIVAL Y COMEMOS ALGO?

¡REN!
TAP
TAP...
ES LA PRIMERA VEZ...
QUE ENTRO EN SU CASA.
HUM
DÉJAME COMPROBAR QUE NO TE HAN HECHO DAÑO.
DAME LA MANO.
¿POR QUÉ TRABAJA...
Y VIVE SOLO?

?!
¡AH!
NO DECIDAS POR MÍ.
ELLA ES MUCHO MÁS MI TIPO...
QUE CUALQUIERA DE VOSOTRAS.

?!
GASP
T--...
TÚ NO ERES...
¡EL TIPO DE REN!
PAM
SU

¿QUÉ PRE-TENDES?
AH, ES LA QUE IBA EN LA MOTO DE REN ESTA MAÑANA...
ZORRA...
E--ESTO NO PINTA BIEN.
...?!
¡ESTÁS SANGRANDO!
¿QUÉ ES... ESE OLOR?
¿SANGRE?
¡ES CULPA TUYA!
¡ES VERDAD!
¡QUÉ MAL!

YA SÉ.
MANDARÉ UNA FOTO A SUS FANS... ♡
篠
PLAK
PLAK
¡¿QU-- ...?!
¡¿QUÉ LES PASA A ESTAS TÍAS?!
GRAB
¡¡DEJA ESO!!
¡¿AH?!
¡¿QUIÉN ERES TÚ?!
SHA
SHA
PAM
¡¡SUÉL-TAME!!

CUANDO QUISE DARME CUENTA...
ME HABÍA ENAMORADO COMPLETAMENTE DE ÉL.
AUNQUE...
ME MOLESTA TANTO QUE NO PUEDO ADMITIRLO.
BLUSH...
?!
OTRA VEZ...
ESTA SENSACIÓN TAN...
DESAGRADABLE...
HA
CADA VEZ SON MÁS...
KYAA
KYAA
¡¿AQUÍ ES DONDE VIVE REN?!
¡POR FIN LO ENCONTRAMOS!
¿SE ENFADARÁ SI LE ESPERAMOS AQUÍ?
ES CULPA SUYA POR NO QUERER DECIRNOS DÓNDE TRABAJA.
JA JA JA JA

REN SHINOZAKI...
SE MUDÓ AL EDIFICIO DE AL LADO HACE DOS AÑOS.
¡HOLA, MITSUKI!
¡NO TE TOMES ESAS CONFIANZAS!
AL PRINCIPIO ME PARECIÓ...
DEMASIADO CHULO Y DESPREOCUPADO, NO ME CAÍA BIEN.
PERO...
¿EH?
¿NO TIENES NOVIA?
NO PODRÍA TRATARLA COMO SE MERECERÍA, EL TRABAJO ME TIENE MUY OCUPADO.
TAMBIÉN RESULTÓ SER UN CHICO SINCERO Y AMABLE.
LLEGAS TARDE.
¿REN?
¿POR QUÉ...?
BUEN TRABAJO CON LO DEL COMITÉ.
VOLVAMOS.
TODO ESO EMPEZÓ...
A LLAMARME LA ATENCIÓN.

¡MÍA!
SHAZ
JODER... ¡QUÉ BUENO ERES, TÍO!
¡ENSÉÑAME CÓMO LO HACES!
TONTO
PERO SI TÚ ERES DEL CLUB DE BALONCESTO.
BLA
BLA
HOY ESTÁ TAN GUAPO COMO SIEMPRE...
LOS DEMÁS CHICOS PARECEN BONIATOS A SU LADO...
VIVAN LOS TÍOS BUENOS...
¡Y ES VECINO TUYO, QUÉ ENVIDIA!
SUERTUDA
¡¿VAIS A IR JUNTOS AL FESTIVAL DE OTOÑO?!
¡CLARO QUE NO!

No...
ESTÁS MÁS GUAPA.
¡¿EH?!
¿YO? ¿GUAPA?
ES VERDAD, MENUDA ENVIDIA ME DAS.
¡YA TE DIGO!
¡AH!
¡REN ESTÁ JUGANDO A BALON-CESTO!
¿DÓNDE?

IDIOTA
¡BÁJAME!
ME LLAMO MITSUKI KUROKI...
NO SEAS TONTA.
EL DÍA QUE CUMPLÍ 16 AÑOS...
CHAN
MITSUKI, ¿VAS A COMERTE TODO ESO?
ÚLTIMAMENTE TIENES UN APETITO VORAZ.
NO TENÍA NI IDEA...
DE QUE...
MI VIDA SE HARÍA PEDAZOS.
¿Y ESO ES MALO?
TAMBIÉN... TE NOTO DIFERENTE.
¡¿HE ENGORDADO?!
DING DONG

ESPERO QUE EL SONIDO...
DE MIS LATIDOS...
NO DELATE...
QUE ME GUSTA.
AAII...
OJALÁ TUVIERAS MÁS TETAS...

A TODO EL MUNDO...
SE LE PEGAN ALGUNA VEZ LAS SÁBANAS.
QUÉ PENA.
PRECISAMENTE CUANDO TENÍAS EL PREMIO A LA ASISTENCIA PERFECTA AL ALCANCE DE LA MANO...
EN EL CLAVO
VAMOS.
SERÁS LA PRIMERA EN LLEGAR.
PAM
¿EH?
RROOM...
SUJÉTATE MÁS FUERTE...
O TE CAERÁS.

KIIIK
¡REN!
HOLA, MITSUKI.
QUÉ RARO VERTE A ESTAS HORAS.

AAH...
¿Y ESE SUEÑO?
HA SIDO MUY DESA-GRADABLE...
PI PI PI PI...
AHH
¡MITSUKI!
¡SI NO TE LEVANTAS ENSEGUIDA, LLEGARÁS TARDE!
¡NO!
¡NUNCA ME HAN PUESTO UNA FALTA POR LLEGAR TARDE!

--TSUKI...
MITSUKI...
ALGUIEN ME LLAMA...
¿QUIÉN SERÁ...?
DEPRISA...
DESPIERTA.

REN...
YO...
SIEMPRE HE QUERIDO ESTAR A TU LADO.

薔薇と銃弾

VAMPIRESA POR SORPRESA

CONTENTS

CAPÍTULO 1
第1話

VAMPIRESA POR SORPRESA

華夜
Kayoru Presents
薔薇(ばら)と銃弾(じゅうだん)
VAMPIRESA POR SORPRESA